Cat Pack

....was du nicht weißt,...

Karin Brose,
Jahrgang 1950,
Autorin,
Journalistin.
Malerin

Cat Pack

Impressum

Copyright: © 2021 Karin Brose
Dieses Buch ist urheberrechtlich geschützt. Alle
Rechte vorbehalten. Die Verwendung des Textes,
auch auszugsweise, ist ohne schriftliche
Zustimmung urheberrechtswidrig und strafbar.
Dies gilt insbesondere für jede ungenehmigte
Vervielfältigung, Übersetzung oder Verwendung
in elektronischen Systemen. Der Inhalt dieses
Buches ist frei erfunden. Sollten Ähnlichkeiten
oder Übereinstimmungen mit realen Personen
vorkommen, sind diese rein zufällig und nicht
beabsichtigt. Die Autorin übernimmt nicht die
Haftung für Schäden, die durch Nutzung dieses
Buches entstehen.

Produktion Karin Brose, Hamburg 2021

Fotografien Karin Brose, Menja Lindtner

Herstellung und Verlag:
BoD – Books on Demand, Norderstedt

ISBN 9783754316061

....was du nicht weißt

Diese Geschichte widme ich meinen wunderbaren Katzen, die mein Leben so sehr bereichert haben. Ich spüre ihre Anwesenheit an gewissen Tagen noch ganz deutlich. Umso mehr fehlen sie mir an den anderen.

Wir müssen wissen, dass wir unsere Katzen nie wirklich kennen. Sie leben ihre ganz eigene Welt, auch wenn sie schnurrend vor dem Kamin liegen.

Für uns Katzenmenschen ist ein Haus ohne Katze ein Haus, aber kein Heim.

Die größten Katzen überhaupt, die Amerikanischen Waldkatzen, kommen ursprünglich aus dem Bundesstaat Maine. Ihr Fell ist halblang. Der lange, buschige, farblich geringelte Schwanz erinnert an Waschbären. So entstand der Name „Maine Coon Katze". Was sie auszeichnet, ist ihre Gelassenheit. Sie lieben das Zusammensein mit Menschen und anderen Tieren. Alles besser, als allein sein!

Große spitze Ohren mit Luchspinseln dran, die hatte er. Riesige Pfoten am Ende langer Beine, sowie einen großen Kopf und ebensolchen Körper auch. Auch sein graugestromtes Fell und der buschige lange Schwanz, waren typgerecht. Nur war der Körper ein wenig zu kurz und genauso die Nase. Na ja, es gibt ja auch Menschen mit kurzer oder langer Nase und trotzdem sind es Menschen. Und überhaupt – wer konnte wissen, ob das alles so bleiben und sich nicht noch verwachsen würde. Noch war er winzig und durfte es auch sein, mit gerade einmal sechs Wochen.

– *Macht mal Platz*, dachte er und kämpfte sich aus dem Knäuel seiner Schwestern und Brüder nach oben. Da waren ja schon wieder Menschen, die er nicht kannte. Entzücktes Quietschen,

– *oh, wie süüüß!*

Ob die ihn meinten? Eine Menschenhand kam immer näher. Nun griff sie ihn. Er ließ es geschehen. Er krabbelte nicht in Sicherheit unter den Bauch seiner Mutter, die völlig entspannt auf das schaute, was da abging.

– *Der soll es sein*,

hörte er eine sanfte Frauenstimme. Die musste zu dieser Hand gehören, die ihn so behutsam hielt. Sie duftete gut! Er war ein Kater, er wusste nichts von Parfüm und Vanille, aber er mochte den Duft. Zeigen würde er das nicht. Ein Coony, auch ein ganz Kleiner, ist dazu zu stolz.

– *Wann kann er zu uns?*

wollte die Frau nun wissen. Am liebsten hätte sie ihn gleich mitgenommen, aber er musste noch ein paar Wochen bei seiner Mutter bleiben. Es gab noch viel zu lernen, bevor sie ihn in die große Welt entlassen würde.

Sie war ein Unfall. Unfall ist nicht nett ausgedrückt. Wenn man aber das Produkt der ungewollten Paarung zwischen einem frühreifen Kater mit seiner Mutter ist, muss man sich diese Bezeichnung wohl gefallen lassen. Eigentlich ist das auch egal, zumal, wenn man eine so reizende kleine Katzendame war, wie sie. Ein bezauberndes, winzig kleines Wesen, das jeden mit seinem Charme betörte. Sie räkelte sich auf der Sofalehne und ließ es sich gut gehen. Sie genoss die Ruhe, denn meist ärgerten ihre Geschwister sie. Das Los der Kleinsten unter ihnen.

– *Die können sie günstig haben,*
  hörte sie, sie ist zwar besonders hübsch,
  aber leider für ihre Rasse viel zu zart. Ich
  denke 800 wären deshalb ok.
– *Von wem die wohl reden,*
dachte sie und räkelte sich in den hereinfallenden letzten Sonnenstrahlen. Draußen kläffte der Hund. Auch das war ihr wurscht. Stress kannte

sie nicht. Als eine weiche Hand nach ihr griff, suchte sie sich sofort ein kuscheliges Plätzchen am Hals der Dame, der die Hand gehörte. Die entschied sich sogleich.

– Die ist ja bezaubernd! Und so ein weiches Fell!! Die nehme ich. In vier Wochen darf ich sie abholen?

So sind sie die Menschen. Mit festen Vorstellungen fahren sie hunderte von Kilometern, um bei Züchtern, die sie nicht kennen, eine Mietze für manchmal über 1000€ zu erwerben, von der sie nur hoffen können, dass sie sich mit ihr vertragen werden.

Willa und Gwen

Ob du dich mit einer Katze verträgst ist dabei gar nicht die Frage. Andersherum wird ein Schuh daraus. Wenn eine Katze dich nämlich nicht leiden kann, dann zeigt sie dir das deutlich, macht nur Mist oder aber sie geht ganz einfach. Letzteres kommt definitiv häufiger vor. Willa erinnert sich, dass Titus, ihr schwarzer Perserkater, einst drei Tage im Kleiderschrank verbrachte, nämlich genau so lange, wie ihre Schwägerin zu Besuch war.

Das regelt eine Katze anders als ein Hund. Der möchte vielleicht auch gern weg, aber wohin? Die Bremer Stadtmusikanten sind ja schon komplett. Eine Katze sucht sich ganz einfach ein neues Heim. Sie wählt und du stehst vor vollendeter Tatsache. So kommt mancher zu einem neuen Mitbewohner, der nie einen wollte, ganz einfach deshalb, weil eine Katze sich ihn ausgesucht hat – als Dosenöffner.

Willa hatte vor ein paar Monaten ihren alten Kater Titus mit stolzen achtzehn Jahren in den

Katzenhimmel entlassen müssen. Der schwarze Perser mit den gelben Augen war nicht nur eine Schönheit, er war auch der liebste Kerl unter der Sonne gewesen. Als Perser hatte er in der Gegend einen Ruf gehabt. Er war eine richtige Draußenkatze geworden, mit allem drum und dran, was keiner von einem seiner Rasse erwartet. Das Vorurteil blüht. Perser sind Stubentiger.

Ihm war es egal, ob sein seidiges, langes Fell voll Dreck war. Er badete zuweilen sogar im Gartenteich. Dabei hatte er vor dem Umzug als Wohnungskatze im 2. Stock lediglich zuweilen Erkundungstouren hoch über dem fließenden Verkehr von Balkon zu Balkon gemacht, was Willa zum Glück erst sehr spät mitbekommen hatte. Nach dem Umzug ins Haus, hatte sie ihn im Körbchen in den Garten gestellt, damit er sich an die Geräusche gewöhnen sollte. Das war sehr hilfreich gewesen. Der Stubentiger verliebte sich schnell in die Natur. Nicht nur einmal stellte er Willa auf die Probe. Sie rief seinen Namen, denn es war schon spät. Sie wollte schlafen gehen und das konnte sie nur, wenn sie ihn sicher im Haus wusste. Er lag unter der Hecke und rührte sich nicht. Keinen Ton gab er von sich. Stattdessen tippte er wahrscheinlich mit der Pfote an seinen Kopf – eine Katze kann einem ja schwer einen Vogel zeigen – und grinste sich ins Pfötchen. Achtzehn Jahre hatte ihre WG dann gedauert. Es war eine glückliche Zeit.

Titus ruht nun unter dem Forsythienbusch im Garten. Sein Geist allerdings, der streift ums Haus. – Noch immer.

Irgendwann im April holte Willa dann endlich den kleinen Maine Coon Kater ins Haus. Für die Autofahrt – nur 20 Minuten – hatte sie einen schönen Deckelkorb gekauft. Darin lag ein Kissen, so dass das Katerchen es gut haben sollte. Als das Geschäftliche getätigt war, will heißen, als Willa die 1200€ für den neuen Mitbewohner gezahlt hatte, als die Stammbaum-Papiere und Impfbescheinigungen übergeben waren, bugsierte sie das Tier ganz vorsichtig in den Korb. Dann schloss sie den Deckel, was sich als nützlich herausstellte. Kaum saß er in dem Behältnis, begann der Kater zu schreien.

> – *Unerhört! Sperren die mich einfach ein. Ich kann nichts sehen! Verdammt, macht sofort auf!*

Im Auto ging es ihm erst recht nicht besser. Was war das für ein Geräusch?

- *Ähh, mir wird schlecht!* –

Und schon kamen die Frühstücksbrekkies retour. Guck mal, was wir noch alles mitgebracht haben!

Es ging ihm ganz übel, obwohl diese Vanilledame beruhigend auf ihn einredete. Allerdings fragte er sich, wer zum Teufel dieser Merlin war, mit dem sie da sprach. Gut reden hatte sie, sie saß ja nicht in der Dunkelheit. Sie konnte sehen, was um sie herum geschah.

Endlich hörte das Geschaukel auf und auch das blöde Geräusch. Willa trug das Körbchen ins Haus. Im Wohnzimmer stellte sie es ab und öffnete den Deckel. Oh je, da saß ein Häufchen Elend mitten in einer klebrigen roten Masse und schaute nicht gerade glücklich drein.

   – *Autofahren magst du also nicht, sagte Willa. Dann komm mal her, du Racker. Ich mach dich sauber.*

Sie schnappte ihn und trug ihn in die Küche. Mit einem Handtuch wischte sie das zappelnde

Wollknäuel trocken. Dann presste sie das Katerchen an ihren Hals und sofort wurde er ruhiger. – Mmmh, wie sie duftet! dachte er und ergab sich in sein Schicksal. Alles war wieder schön.

Mit einer Hand zog Willa ein Körbchen unter dem Sessel hervor. Sie hatte einen ihrer Pullover hineingelegt, denn sie war sicher, dass der Kater ihren Duft schon kannte und sich darauf wohlfühlen würde. Und tatsächlich rollte er sich in dem Körbchen sofort zusammen, gähnte einmal kräftig und schloss erschöpft die Augen. – Was für eine Aufregung! – Eindeutig zu viel für sein Empfinden.

Schon bald eroberte Merlin sein neues Zuhause. Das war spannend! Vor allem der Keller hatte es ihm angetan. Da waren Ecken und Winkel, Kisten und Schachteln und vieles mehr zu entdecken. Er wunderte sich nur jedes Mal, dass Willa-Vanilla, so nannte er sie insgeheim, seit er gehört hatte, wie sie ihrer Freundin von ihrem neuen Vanilla

Parfüm erzählt hatte, offenbar seine Besuche da unten nicht schätzte.

> – *Wie siehst du wieder aus, du kleiner Dreckspatz!* schimpfte sie. –

Er fand, sie übertrieb. Und was hieß hier „Spatz"? Ein unerhörter Vergleich! Die paar Wollmäuse und Spinnweben im Fell waren doch kein Ding! Vor allem genoss er es sehr, wenn Willa voller Verzweiflung zu der großen Bürste griff und sein Fell in Ordnung brachte. Dann streckte er seine langen Coony-Beine aus und öffnete und schloss genussvoll die dicken Pranken, so dass seine schon gefährlich spitzen Krallen zum Vorschein kamen. Dieses Bürsten blieb sein Leben lang sein Lieblings-Ritual.

Er war ein freches kleines Knäuel, das gern an Menschenbeinen hinaufkletterte oder Füße fing, die aus Bettdecken hervorlugten. Seine Anwesenheit hatte Verhaltensänderungen der menschlichen Mitbewohner zur Folge, die zerkratzte Beine nicht so schätzten.

Er hatte von Beginn an die Fähigkeit, plötzlich irgendwo zu sein, ohne dass man ihn kommen gehört hätte. Wie von Zauberhand, dachte Willa. Und so rechtfertigte sich der Name ‚Merlin', den sie ihrem kleinen Kater nach dem Zauberer aus der Artussage gegeben hatte..

Merlin hatte zwei Monate Zeit, sein Revier in Besitz zu nehmen, bevor das Katzenmädel aus Bremen dazukam. Willa liebte die Sage von König Artus und nannte sie Gwendolynn.

Die beiden lernten einander ohne Probleme kennen. Ohne Probleme deshalb, weil Gwendolynn, ganz Katzendame, ihm kampflos die Führung überließ. Sie war es gewohnt, sich unterzuordnen. Merlin akzeptierte die Kleine großzügig. Zuweilen gesellte er sich zu ihr und begann, sie zu putzen. Dann lagen sie dicht beieinander. Irgendwann hatte ihn das Putzen dann immer derart aufgeladen, dass er anfing, dem Kätzchen ins Ohr oder ins Genick zu beißen. So nicht! signalisierte sie, drehte sich blitzschnell um und zeigte ihm die Krallen oder haute ihm eine runter. Ab und an spielten sie auch miteinander, aber doch eher selten. Meist suchten sie jeder für sich ein Spielzeug und beschäftigten sich damit. Am Fressnapf gab es keine Probleme. Sie waren beide weder futterneidisch noch gierig. Aber Gwen war von Beginn an super neugierig.

Immer suchte sie Willas Nähe. Zum Mittagsschlaf kroch sie gern unter die Bettdecke. Ihr kleiner, warmer Körper und ihr Schnurren trugen sehr zur Entspannung bei. Merlin entwickelte seine ganz eigene Art, diesen Mittagschlaf zu beenden. Er hockte sich auf die Bettablage und langte mit einer Pfote ganz sacht in Richtung Willas Kopf. Dann fuhr er die Krallen aus und harkte damit langsam aber gründlich durch Frauchens Frisur. Bei dieser Behandlung wollte niemand liegen bleiben!

Nun dachte Willa-Vanilla, dass diese beiden wundersamen Katzentiere zaubersüße Babies machen würden. Sie freute sich schon auf ihre Geschlechtsreife und die Folgen. Da hatte sie sich jedoch zu früh gefreut. Als es soweit war, sah sie voller Staunen das Malheur. Ab und zu gingen die beiden ans Werk, nur schienen sie nicht zu wissen, wie es geht! Sie umarmten sich frontal, fielen um, versuchten es erneut, um dann frustriert wieder voneinander abzulassen.

– *Sie ist ja ganz süß,* dachte Merlin, *aber irgendwie hab ich keine Lust..*

Und so blieb es. Als der Kater begann, zu markieren, entschloss sich Willa, beide operieren zu lassen. Dann eben keine Katzenbabies.

Gwen

Mit der Zeit blieb Merlin immer öfter weg. So wie der Hausherr, der Zigaretten holen geht und nie mehr wiederkehrt, kam es Willa in den Sinn. Sie hatte mit der Stärke und Eigenwilligkeit von Maine-Coon Katern kokettiert. Genau, wie sie selbst, hatte sie gedacht. Jetzt war sie deswegen genervt. Sie machte sich Sorgen, wenn Merlin abends nicht im Haus war. Auch Gwendolynn schien ihn zu vermissen. Immer wieder stand sie an der Terrassentür und schaute hinaus ins Dunkle. Als Katzendame war sie stets pünktlich zu Hause. Selten entfernte sie sich sehr weit.

Irgendwann klingelte es und eine ältere Frau stand vor der Tür. Sie stellte sich als Nachbarin aus der angrenzenden Nebenstraße vor. Dann erklärte sie, dass Merlin häufig zu ihr käme. Er hätte so ein gutes Verhältnis zu ihrem Kater. Beide lägen gern vor dem Kamin oder auch draußen am Teich. Sie wollte nicht, dass man sich sorgte. Deshalb ließ sie ihre Telefonnummer da und nahm die von Willa mit. So konnten sie sich kurzschließen.

Immer wieder holte Willa den Kater nun dort ab. Irgendwann bot die Dame an, Merlin abzukaufen, was Willa entschieden ablehnte.

– *Ich kann doch kein Familienmitglied verkaufen!* Wenn er aber auch hier nicht war, fragte sie spätestens nach zwei Tagen in der Nachbarschaft herum. Dabei stellte sich heraus, dass auch ums Eck ein Kater wohnte, bei dem Merlin häufig zu Gast war. Das kleine Biest zog also die Gesellschaft von Katern vor! Na dann, dachte Willa. Von nun an gab sie ihn aus ihrem Herzen frei. Sie akzeptierte, dass ihr Kater offenbar schwul war und gern mit anderen Katern um die Häuser zog. Um sich nicht vor Sorge zu zerfressen, sah sie ein, dass sie das ja wohl nicht ändern würde. Nur in diesem Bewusstsein konnte sie seine Abwesenheit ertragen.

Gwen

Eines Nachts wachte der Nachbar auf. Er weckte seine Frau.

– *Du, Else, wir werden beobachtet!*
Schlaftrunken schaute Else zum Fußende des Bettes. Da saß Merlin. Wie und wann er da hingekommen war, war ihnen ein Rätsel.

– *Ach, das ist doch Merlin, schlaf weiter.* –
Willa mutmaßte, wie viele Schlafzimmer ihr Kater wohl in der Gegend besuchte.

27

Natürlich gingen diese Ausflüge nicht ohne Ärger ab. Eines Tages kam er mit einer geschwollenen Pfote zurück. Eine Kralle war blutig und über die Pfote zog sich ein tiefer Schnitt. Natürlich passiert so etwas am Wochenende, wenn der Tierarzt geschlossen hat. So lud Willa das Tier in den Transportcontainer und fuhr zur nächsten Tierklinik. Eine kleiner Eingriff und Medikamente halfen. Dennoch musste man die Aufregung erst einmal verkraften.

 – *Gut, dass Willa nicht wusste, wie das passiert war!* – dachte der Kater und schmunzelte.

Merlin hatte des Öfteren kleine „Unfälle", während Gwendolynn ihr ganzes Leben lang nichts hatte. Frauen sind eben umsichtiger.

Wenn Willa aus dem Job nach Hause kam, saß ihre kleine Katzendame schon hinter der Tür. Sie kannte offenbar das Motorengeräusch oder sie konnte die Zeit gut abschätzen. Hunde und Katzen können sehr gut riechen. Wenn der Geruch des menschlichen Mitbewohners, der in der Wohnung hängt, nahezu verschwunden ist, kann man ihn bald zurückerwarten. Erfahrungswerte! Was für ein wunderbares Gefühl, erwartet zu werden!

Die sauberste und duftigste Kätzin unter der Sonne hatte den Gang eines Models und sie war sich dessen bewusst! Da war Willa ganz sicher. Ein Bild von einer Katze, nur eben ein Mini-Coony.

Gern schlief Gwen im Bücherregal, ganz oben unter der Zimmerdecke. Dazu sprang sie zuerst auf die Fensterbank. Von da aus waren die 1,70 m in die Höhe kein Problem für sie.

    – *Von hier oben seid ihr auch alle ganz schön klein!*– dachte sie, wenn sie in luftiger Höhe in ihrem Versteck lag.

Merlin

Der Kater ging gern baden. Manchmal stand er bis zur Brust im Teich und angelte Kröten. Einmal hörte Willa im Garten ein schlagendes Geräusch. Sie musste nicht lange warten, bis es sich aufklärte. Aus den Büschen brach etwas Graues, um sich Schlagendes mit ca. 1m Spannweite hervor. Dahinter folgte Merlin. Nun erst konnte Willa erkennen, was da vor sich ging. Der Kater hatte eine fette Taube im Maul und brachte ihr seine Beute als Geschenk mit! Das mit der Jagd gefiel Willa denn doch nicht so gut. Was tun mit der Taube? Offenbar hatte der Kater nur in die Federn gebissen, denn als er ihn absetzte, schüttelte sich der Vogel nur kurz und hob ab in die Lüfte. Willa lobte ihren Kater und war sehr froh, dass diese Jagd so glimpflich verlaufen war.

Die geschicktere Jägerin war allerdings Gwen. Sie kletterte in die höchsten Bäume. Manchmal lief sie in zwei Meter Höhe durch die Hecke. Gwendolynn machte regelmäßig leckere

Geschenke, die sie, wenn sie genug damit gespielt hatte, meist direkt vor die Haustür legte. Dennoch hatten sie eine bunte Vogelwelt in ihrem Garten. Erstaunlich eigentlich.

Rituale

Die Fellpflege war ein wichtiges Ritual, das täglich mindestens drei Mal stattfand. Die Katzen liebten es, wenn ihre Menschen sie bürsteten. Dabei streckten sie sich wohlig in die Länge und schnurrten wie Samoware.

Beim Essen waren beide recht anspruchslos. Sie fraßen auch nicht übermäßig viel, so dass sie schlank blieben. Allerding liebten sie Trüffelleberwurst und Schlagsahne. So saßen beide beim Frühstück erwartungsvoll am Tisch, bis Willa die Leberwurst auf einem Teelöffel herunterreichte.

Die noch warme Motorhaube von Willas Auto genoss Merlin sehr. Nur mitfahren war nie seins.

Es gibt Hundemenschen und Katzenmenschen. Nur wenige sind beides.

Der Herr, der dir im Park entgegenkommt, grüßt höflich. Sein Riesenschnauzer zappelt freundlich mit dem Schwänzchen. „Der ist bestimmt ein typischer Hunde–Mensch!" raunt sie der Freundin zu. „Wie – Hunde–Mensch?", will die andere wissen. „Ein Hund muss gehorchen. Sonst könnte das gefährlich werden. Bestimmt gibt so einer auch sonst gern den Ton an.." „Hurra! Es lebe das Vorurteil! Du kennst dich ja aus!" wundert sich die Freundin. „Ja, Katzen–Menschen sind da eben anders! Die sind Freigeister, intuitiv und kapriziös." „Ach, dann versteh ich," lacht die Freundin, „du hast drei davon!" – Gibt es so was? Hunde- oder Katzen–Menschen? Wie sind Leute, die mit Hund und Katze leben? Gibt es auch Schildkröten– oder Wellensittich–Menschen? Und wie sind die? Fest steht, dass besonders Kindern und älteren Menschen das Zusammenleben mit Haustieren gut tut, egal mit welchem. Ein Haustier vertreibt die Einsamkeit und schafft Hautkontakt, der denen, die allein sind, häufig fehlt. Kinder lernen, Verantwortung zu übernehmen und das Tier als Lebewesen zu achten. Lässt die Vorliebe für bestimmte Tiere aber tatsächlich auf den Charakter eines Menschen schließen? Bekommt dein Hund sein Leckerli nur, wenn er Männchen macht? Oder musst du grinsen, wenn dein Kater statt auf Ruf zu kommen, demonstrativ die Vorderpfoten kreuzt und das Köpfchen darauf ablegt, „ach nö, mir ist grad nicht danach". Nimmst du es mit Humor, wenn die Hackbällchen vom Tisch verschwunden sind, die Katze aber völlig unschuldig in ihrem Körbchen liegt und schnurrt – „ ich war's nicht, ehrlich – schnurr!"? Eine kapriziöse Katzen-Dame wird sich niemals unterordnen. Immer wird ihr eigenes Wohlbefinden an erster Stelle stehen. Sollte sie Vorteile darin erkennen, ist sie jedoch gern bereit, so zu tun, als folge sie ihrem „Herrchen" bedingungslos. Die Hundefrau dagegen hechelt und schaut bewundernd zu ihm auf. Niemand ist loyaler, als sie. – Findest du auch, dass sich das hier jemand zu einfach macht? Darf man denn so naiv sein? – Oder ist da was dran? Bei nächster Gelegenheit schau ich mal ganz genau hin. ...aber ich versichere, dass ich keine Hackbällchen stehle!

–Ihr staunt? Schnee macht uns Coonies nun überhaupt nichts aus. Ganz im Gegenteil! Wozu haben wir die dicken Puschel an den Pfoten?

Fürsorge

Wenn Willa verreisen wollte und sie niemanden fand, der sich täglich um ihre Lieblinge kümmerte, blieb sie zu Hause. Zum Glück konnte sie auf Melinda, eine gute Freundin, zählen. Die hatte selbst Katzen und verstand sich bestens darauf, die Tiere zu versorgen.

Wer mit Katzen lebt, der genießt das vertraute Miteinander, die ehrliche Zuwendung – aber auch das „lass mich in Ruhe!"

Wieder einmal musste Willa sich bei einer Freundin entschuldigen.

–Ich verspäte mich, sorry, aber meine Katze ist noch nicht drin. – Willa wusste, dass sie den Kaffeeklatsch nicht genießen würde, wenn sie ständig daran denken müsste, dass das Kätzchen nicht in Sicherheit war

– *Sie kann einfach nicht loslassen*– denkt Gwendolynn. – *Nur, weil ich klein bin, heißt das ja nicht, dass ich mich nicht wehren könnte.*

Tatsächlich war die Katzendame sehr wendig und schnell. Anderen Katzen gegenüber oder womöglich Hunden, wuchs sie gern über sich hinaus. Dann buckelte sie, stellte sich seitwärts und erschien doppelt so groß, während sie laut brummte. Sie ließ sich nicht das Hackbällchen vom Teller nehmen, so zart sie auch war. Willas Sorgen waren meist überflüssig.

Dschungel

  – *Gut ist, dass die Menschen nicht*
    mitkriegen, was da draußen abgeht –
denkt Gwendolynn. Sie erinnert sich nur ungern an den vergangenen Sommer. Ganz außerhalb ihrer Gewohnheit hatte sie einen Ausflug in den nahen Park unternommen. Dort war es so spannend! Die kleinen Entenkinder, die im Gänsemarsch ihrer Mutter folgten, hatten sie besonders interessiert. Sie zappelten und wackelten beim Laufen so lustig hin und her und blieben doch immer in einer ordentlichen Reihe. Als sie jedoch mit ihnen spielen wollte, war die Ente auf sie losgegangen. Sie kannte keine Gnade und zwickte das Kätzchen wo sie es schnappen konnte. Dann kam auch noch der Erpel zu Hilfe. Gwen war so erschrocken, dass sie sich nicht gewehrt hatte und deshalb das eine oder andere Büschel ihres Fells einbüßte. Sie war einfach zu überrascht.
Seit dem fand sie Enten doof und ging ihnen aus dem Weg.

An dem Tag hatte Gwen noch mehr Pech gehabt. Kaum war das Abenteuer mit den Enten überstanden, kaum hatte sich das Kätzchen von dem Erlebnis erholt, hörte es ein gefährliches Grollen aus dem Gebüsch. Sie fürchtete sich, sie schaute hinter sich und versuchte noch, zu fliehen. Aber es war zu spät. Der Erzeuger des Grollens, ein gescheckter Kater, landete mit einem gewaltigen Sprung genau in ihrem Genick. Er war riesig! Und er hockte über ihr und lachte sie aus!

> – *Hey, meine Schöne, wohin so schnell? Lass uns doch ein wenig Spaß haben!* –

flüsterte er ihr ins Ohr. Der Kerl stank aus dem Fang wie ein ganzer Fischladen und Gwen war nahe dran sich nicht nur vor Angst ins Fell zu pinkeln, sondern auch vor Ekel zu erbrechen. Blitzschnell musste sie entscheiden, was richtig war in dieser bescheidenen Situation. Sie entschied sich, ganz mutiges Weibchen, das Spiel mitzuspielen und auf eine günstige Gelegenheit zu warten, um zu fliehen.

– Du mein Schöner, – erwiderte sie deshalb, dann lass doch mal hören..–

Er ließ von ihr ab, so dass sie sich aufrichten konnte. Während sie umeinander schlichen, starrten plötzlich vier glühende gelbe Augen aus dem Gebüsch. Die Blätter waren sehr dicht. Deshalb erkannte Gwen nicht sofort, wem diese Augen gehörten und sie bekam nun richtig Angst. Gegen drei hätte sie keine Chance. Nicht genug, dass sie den fetten Stinker am Hacken hatte, jetzt auch noch diese beiden. Wer waren die? Jedenfalls schienen sie riesig! Der Stinker machte auf dicke Hose. Er verkannte die Lage völlig.

- *Eih, was geht ab, Bro?* riskierte er in Richtung Gebüsch zu fragen. Prompt kam die Antwort

– Ein Kerl wie du nennt mich nicht Bro. Verzieh dich, oder du lernst, warum nicht.

– Spiel dich nicht auf, du Wichser –

tönte nun der Stinker, der noch glaubte, er könne sich den Ton leisten. Kaum hatte er jedoch ausgesprochen, da sprang ein Riese aus dem Busch und verprügelte ihn nach Strich und Faden. Die Fetzen flogen und die eine oder andere

Schramme würde er als Erinnerung davontragen. Es blieb ihm nichts anderes, als die Flucht. Gwen zitterte am ganzen Leib. Nun war sie allein mit dem Riesen und den anderen gelben Augen...

- *Mal im Ernst, Gwen, was machst du um diese Zeit hier draußen? Bist du verrückt geworden?*
- *Merlin!*
- *Komm, Leo, wir bringen die Dame nach Hause. Übrigens darf ich euch vorstellen: Gwendolynn, das ist Leonhard. Leo, das ist Gwen.*
- *Angenehm,–* sagte der andere Kater mit sanfter Stimme.

Sie nahmen die Katzendame in ihre Mitte und brachten sie nach Hause. Gwen war nun total entspannt. Sie schnürte mit ihrem Modelgang heimwärts. Leonhard war entzückt. Was für eine Schöne! Zu Hause sprang Gwen mit einem eleganten Satz auf die Fensterbank und Willa entdeckte sie sofort.

- *Da bist du ja, du kleine Ausreißerin. Ich habe mir Sorgen gemacht! –*

Liebevoll nahm sie ihr Kätzchen auf den Arm und kuschelte sich an sie. Als Gwen sich umschaute, waren die beiden Kater schon wieder verschwunden.

– *Schade,* dachte sie, denn der Riese hatte ihr gut gefallen.

Stinker war richtig sauer. Diese Niederlage wollte er keinesfalls auf sich sitzen lassen. Es hatte sich wie ein Lauffeuer herumgesprochen. Irgendwer musste den Überfall beobachtet haben. Was besonders peinlich war, es wurde behauptet, dass der Typ, der ihn plattgemacht hatte, gay war. Deshalb schlich Stinker durchs Revier. Jeden Abend suchte er den schwulen Kater. Dem wollte er es zeigen! Keiner nahm es mit ihm auf! Und schon gar nicht so einer. Inzwischen wusste er, wo diese kleine Zuckerschnecke wohnte. Und wie der Zufall es wollte, verließ sie in diesem Moment zusammen mit ihrem Mitbewohner das Haus. Das musste der Kerl gewesen sein – erkannte Stinker. Prompt hatte er Bedenken. *Der sieht nicht nur toll aus,* dachte er, *der ist auch riesig –* und Stinker mutmaßte, woher der Knabe wohl sein mochte. – *Er sieht aus, wie ein Wildling* – dachte er, – *bei denen weiß man nie!* – Auf leisen Pfoten verfolgte er das hübsche Paar. Beim Anblick der Zuckerschnecke – die sah auch recht wild aus – lief ihm das Wasser die Lefzen herab. An der nächsten Ecke trennten sich ihre Wege.

Der Große schnürte übers Feld, die Kleine lief zurück. – *Die bleibt mir immer* – dachte Stinker. *Mal sehen, ob ich dem Typen eines auswischen kann*. In gebotenem Abstand folgte er ihm. Am Rande des Feldes kamen sie zu einem Schuppen, in dem der Wildling geräuschlos verschwand. Stinker war nicht dumm. Deshalb wartete er eine Weile, bevor er sich durch das Tor zwängte.

   – *Du hast dir ja Zeit gelassen, Kumpel* – hörte er und schon flankierten ihn zwei Kater, die er noch nie gesehen hatte. Pech gehabt! Vor ihm stand urplötzlich der Wilde. Woher war der gekommen?

   – *Warum verfolgst du mich?* – wollte er wissen.

- *Tu ich nicht*, log Stinker.
- *Lügen geht hier gar nicht, Kumpel. Also, kehrt, Marsch, hau ab.*

Stinker zögerte keine Sekunde. Er wandte sich rückwärts und stolzierte mit steil aufgerichtetem Schwanz betont langsam zum Tor hinaus, bemüht, sein Gesicht nicht zu verlieren. Er musste sich was einfallen lassen. Der Typ nervte ihn kolossal.

Merlin kümmerte sich nicht weiter um den anderen. Er hatte ihn schnell vergessen. Heute Abend war Meeting. Kater aus der ganzen Gegend waren gekommen. Sie wollten heute einen Anführer bestimmen. Das schien nötig zu sein, denn die Übergriffe einiger Herumtreiber, zu denen auch Stinker gehörte, hatte drastisch zugenommen. Die nannten sich Downtown-Cats und schikanierten die Katzenwelt, besonders, wenn sie „anders" waren. Sie belästigten nicht nur gern Katzen-Mädchen, sie machten auch vor Katern nicht halt .

Ein großer Schwarzer führte heute hier beim Treffen die Rede.

- Ich schlage Merlin als Anführer vor –. Er ist alt genug um besonnen zu handeln. Er ist stark genug, um sich zu wehren. Er wird von allen geachtet, so dass wir mit ihm an der Spitze Erfolg haben werden. Wir jagen die Downtown-Cats zum Teufel. – Mit wie vielen Gegnern müssen wir rechnen, Albert?
- Ich schätze, es dürften über zwanzig sein. Sie rotten sich zusammen. Gestern sind erst wieder fünf angekommen. Das sind üble Gesellen! Sie akzeptieren niemanden, der irgendwie anders ist, als sie. So echte Nazi-Katzen!
- Was meinst du mit >anders<?
- Nun ja, anders im Aussehen, zum Beispiel. Bist du zu schön, sind sie genervt. Hast du ein Handycap oder hast du zu viel von einer Wildkatze, haben sie Angst, was sie nie zugeben würden. Bist du anders, ich meine schwul oder so, sind sie obergenervt!

– *Die haben hier schon zu lange den Ton angegeben. Es wird immer schlimmer. Das sind brutale Verbrecher! Alle haben Angst vor denen und schweigen.*

Während hier darüber diskutiert wurde, was zu tun war, hatte Stinker zwei seiner Sinnesgenossen motiviert, ihm bei einer Aktion zu helfen. Sie schlichen zurück zum Meeting. Dort waren inzwischen nur noch wenige Kater anwesend. Aber das Ziel seiner Rache stand dort, umringt von Fans, die ihm zuhörten. Was der wohl zu verbreiten hatte? Er würde sich wundern. Stinker und seine Kumpane warteten, bis auch die Letzten gegangen waren. Nur Merlin saß noch in der Scheune. Er säuberte sein Fell sorgfältig, bevor er den Heimweg antreten wollte.

Draußen hatten Stinker und seine Freunde es geschafft, auf den Riegel am Tor zu springen. Der fiel wie beabsichtigt herunter. Sie lachten sich ins Fäustchen und zogen vergnügt ab. Der würde schon bald Hunger bekommen, da drinnen. Wer weiß, wann der Schuppen wieder gebraucht würde. Dann würde man darin die vertrockneten Überreste eines Wesens finden, das einmal ein gewisser Merlin gewesen war.

– *Geschieht ihm recht* –, dachte Stinker.

Merlin hatte einen Schlag gehört und war sofort wach. Er lauschte in alle Richtungen, aber nach dem Geräusch blieb es still. Als er sich auf den Heimweg machen wollte, erkannte er, was den Laut verursacht hatte. Der Riegel! Verdammt! Er war so angebracht, dass man das Tor nur von innen öffnen konnte, wenn man die Verriegelung zur Seite schob. Wie sollte er das schaffen?
Panik war nicht seins. So zog er sich auf den Heuboden zurück um nachzudenken. Er kannte den Schuppen. Er wusste, dass es keinen anderen Ausgang gab.

Zu Hause ging Willa mal wieder auf und nieder. Dieser Rumtreiber! Wieder zur Nacht unterwegs! Wie sie das hasste! – Sie machte sich Sorgen und telefonierte ihre Kontakte ab. Aber beide Kater schliefen schon. Leo hatte den Anruf jedoch mitbekommen. Er drehte sein Ohr in Richtung Telefon und entnahm der Reaktion seiner Dosenöffnerin, dass Merlin nicht heimgekommen und auch nicht bei Alexander war. Nun war Leo wach. Verdammt, er hatte kein gutes Gefühl. Er hatte Merlin gestern Abend in der Scheune zurückgelassen, weil er früher gegangen war. Er musste handeln! Zum Glück war das Schlafzimmerfenster offen. Leo schlüpfte hinaus. Über den Fenstersims gelangte er auf das Dach. Von dort war es nur ein kleiner Sprung auf den großen Ast des Kirschbaumes. Kaum am Boden, lief Leo zum Feld. Am Rande witterte er vorsichtig, ob die Luft rein war. Er hatte einen ganz bestimmten Verdacht. Auf dem Feld standen ein paar Rehe, aber sonst war alles ruhig. So schlich er sich zum Schuppen und besah sich die Bescherung. Die Tür war geschlossen! Der Riegel war umgelegt. Ob Merlin wohl drinnen war? Leonhard pfiff zweimal. Er lauschte. Tatsächlich hörte er von drinnen die Antwort. Er wartete. Dann hörte er den Freund.

- *Was tun wir?* – flüsterte er.
- *Es gibt nur den Riegel.* – antwortete Merlin. *– Um den zu öffnen, brauchen wir einen Menschen. Das können wir vergessen. Du weißt, wie selten jemand hierher kommt. Und bevor ich Willa klargemacht habe, was Sache ist, ist morgen.*
- *Ok, dann sollten wir es mit Graben versuchen. Du von innen, ich von außen. Dann hat jeder die Hälfte und es geht schneller.*
- *Ok. An welcher Stelle wollen wir es versuchen?*
- *Wir graben hinten, neben der breiten Eckplanke. Da ist das Erdreich sandig.*
- *Danke, mein Freund, los geht's.*

Und zeitgleich buddelten beide Kater mit ihren riesigen Pranken den Sand unter dem Schuppen weg. Sie brauchten fast eine Stunde, bis sie sich von Angesicht zu Angesicht unter der Schuppenwand sehen konnten. Beide waren erschöpft. Ganz mit Sand überzogen sahen sie wundersam aus.

– Hey, bist du es? fragte Leo, – nicht zu glauben!

Sie mussten noch ein gutes Stück weiter arbeiten, bis Merlin endlich durch den Tunnel hindurchpasste. So ein Coony ist ja nicht gerade klein und zart. (Bis auf eine zauberhafte Ausnahme, von der hier häufiger die Rede ist.)

– Danke, mein Freund! Du hast was gut bei mir.

– Wozu sind Freunde da?

Glücklich liefen sie heimwärts. Merlin sprang auf das Fensterbrett, aber das Fenster war bereits geschlossen. Kein Wunder um 2 Uhr nachts! Also kuschelte er sich auf der Sonnenliege zusammen und schlief sogleich erschöpft ein.

Willa-Vanilla war überglücklich, als sie ihn dort vor dem Frühstück fand.

– Wie siehst du denn aus? Wie ein Straßenkater! Und schon hatte sie die Bürste zur Hand. Oh, ja! Das tat gut nach der Plackerei. Merlin reckte und streckte sich und genoss die

Behandlung. Er belohnte Willa mit seinem schönsten Schnurren.

Nach dem Frühstück mahnte Gwendolynn allerdings zur Vorsicht.

> *– War die Schuppentür jemals geschlossen? Ihr trefft euch dort, weil sie immer offen steht, oder ? Wer hat das also geändert? Ausgerechnet, als du dort allein warst? –*

Merlin stutzte. Recht hatte sie, die Kleine!

> *– Der Saukerl war es. Hundertprozentig*!

Insgeheim schwor Merlin Rache. Er hatte auch schon eine Idee. Vorausgesetzt, Gwendolynn spielte mit, konnte das wohl klappen.

In Alexanders Garten stand ein unbewohntes Hasenhaus. Nur kleine Hasen passten durch die Luke – und Gwendolynn. Mit Alexander, einem wunderschönen Kartäuser Kater, wohnte hier auch Geoffrey. Geoff war ein Kangal. Im Sommer half er manchmal bei den Schafen aus, die nachts gern von Wölfen heimgesucht wurden. Dann brachte sein Herrchen ihn zu dem Schäfer in das 20 Kilometer weit entfernte Dorf zurück. Der Schäfer fuhr ihn zum jeweiligen Standort der Herde. Für Geoff bedeutete dieser Einsatz jedes Mal ein Leben draußen in der Natur, wo er selbst einst zwischen den Schafen geboren worden war. Dort traf er seine Brüder wieder, die mit ihm gemeinsam die Schafe bewachten. Besonders heikel war der Job, wenn die Mutterschafe gelammt hatten. Die Kleinen waren fette Beute für den Wolf. Aber Geoff und die anderen Kangals, meist waren sie zu dritt bei einer Herde, hatten schon so manchen Angreifer in die Flucht geschlagen. Ihre Größe war beeindruckend, ihre Angriffslust auch.

Dass Kangals allein in Familien leben, ist eher die Ausnahme. Eigentlich sind sie Herden-Hunde, die draußen zwischen den Schafen leben. Ein Kangal braucht keine Hütte. Wenn eine Hündin Welpen erwartet, gräbt sie sich eine unterirdische Höhle, in der sie in Ruhe werfen kann und wo die Welpen für die erste Zeit in Sicherheit sind.

Ersatzweise betrachtete Geoffrey seine Menschen und den Kater als seine Herde, die er zu beschützen hatte. Wenn er guter Laune war, was fast immer zutraf, gehörten auch Alexanders Freunde dazu.

Alex besprach also Merlins Idee mit Geoff.

> *– Das wird dir Spaß machen, alter Knabe–, sagte er. Stinker– und seine Kumpel haben einen Schuss vor den Bug dringend nötig, glaube mir. –*

Geoff und auch Gwen willigten ein, wobei Merlin sicher war, dass Willa besser nichts von seinem Plan erfuhr.

Kangals

Ein paar Tage später ergab sich die Gelegenheit, auf die sie gewartet hatten. Vorn an der Straße rotteten sich die Downtown-Cats wieder einmal zusammen und machten Vorbeieilende an. Allen voran Stinker, das dicke Ekel.

Merlin putzte liebevoll Gwens Ohren.

– *Du weißt, was du zu tun hast?* raunte er.

– *Alles gut.*

Und dann ging es los. Gwen stolzierte hocherhobenen Schwanzes an den Straßenkatern vorbei. Mutig war sie, die Kleine, aber sie vertraute auch blind darauf, dass sie ja nicht allein war.

- *Guck einer an, die Lady!* – schmatzte Stinker. – *Wie wäre es heute mit uns, meine Schöne?* – Gwen schaute sich gelangweilt um.

- *Mal sehen, was sich so ergibt*, schnurrte sie.

- *Hier ergibt sich, was ich will*! – wurde Stinker nun deutlich.

- *Wirklich*? – fragte Gwen ungläubig.

Zur Sicherheit beschleunigte sie ihren Schritt, aber nur so, dass der Dicke noch gut hinterherkam. Ihm tropfte der Speichel schon wieder gierig aus den Lefzen und in dieser Stimmung war er ein wenig unaufmerksam. So entging ihm, dass sie sich inzwischen auf Geoffreys Gelände befanden.

Voller Vorfreude verfolgte Stinker Gwendolynn, bis er sie plötzlich aus den Augen verloren hatte.

Verdammt, wohin war die kleine Hexe verschwunden. Dieses Versteckspiel machte den Kater nur noch heißer, leider auch unvorsichtiger. Gwen war blitzschnell ins Hasenhaus geschlüpft und harrte der Dinge, die nun folgen sollten. Stinker saß mitten auf dem Rasen, witterte in alle Richtungen und sah dabei ziemlich bescheuert aus. Der hohe Zaun, der das Gelände umgab, war ihm bis jetzt noch gar nicht aufgefallen, auch nicht der Grund dafür. Als Geoffrey nun aber um die Hausecke bog, direkt auf ihn zu, geriet der Straßenkater in Bedrängnis. Ihm wurde einiges klar. – Shit! Wohin so schnell? Er kannte sich hier nicht aus, war blind in sein Unglück gelaufen. Wieder einmal hatte ihm sein Trieb eine Falle gestellt. Geoff kam langsam näher. Er schien das Spiel zu genießen. Während er normalerweise auf einen Feind zu rannte und ihn verbellte, ging er jetzt ganz langsam und gab keinen Laut. Er öffnete nur langsam sein Maul und zeigte Stinker, wie viele Zähne er ihm mitgebracht hatte. Eines wusste der ganz genau. Die Bekanntschaft mit diesen Zähnen konnte ihn den Hals kosten. Ein

Blitzentschluss durchfuhr den Kater. Er sprang mit allen vier Pfoten gleichzeitig in die Höhe, und kletterte in Windeseile auf die riesige Kiefer, die sie hier im Vorgarten stehen hatten.

- *Uhhi, geschafft! – dachte er.*
- *Uhhi geschafft, ohne was zu tun! So ein Spaß!*

ging es auch Geoff durch den Kopf. Er legte sich unter den Baum und schloss die Augen. So ein Mittagsschläfchen kann zuweilen schon einmal dauern... Nun schlich Gwen gemächlich durch den Garten. Sie begrüßte Geoff, der sie kaum beachtete und gerade mal ein Auge öffnete.

- *War das nicht die niedliche, kleine Freundin von Alex, die mit seinem schwulen Kumpel zusammen wohnte? – Meine Güte, wer sollte sich das alles merken?*

Stinker saß jedenfalls in luftiger Höhe fest. Dabei war er nicht schwindelfrei und der Ast, auf dem er saß, bog sich unter seinem Gewicht gefährlich nach unten. Er fragte sich, wann der Riesenköter mit diesen irren Zähnen wohl seinen Platz verlassen würde. Musste der nicht mal wohin? Wie hatte ihm das nun wieder passieren können?

Tatsächlich schien die Sonne ganz herrlich und Geoffrey ließ es sich gut gehen, unter der Schatten spendenden Kiefer. Insgeheim musste er grinsen, wie ein Hund eben grinsen kann. Der Kerl da oben im Geäst dürfte inzwischen ganz schön durstig sein!

Erst gegen Abend hatte er Mitleid mit der geschundenen Kreatur und er zog ab ins Haus. Der Weg war endlich frei und Stinker nahm die Beine in die Pfote, um sich in Sicherheit zu bringen. Er versprach sich selbst, seinen Trieb das nächste Mal besser im Griff zu haben. Gwen hatte den Nachmittag genüsslich im Hasenhaus verschlafen. Sie wollte nun öfter zu Alex gehen, wo sie unter Bewachung soviel Ruhe haben konnte. Allerdings musste das noch mit Geoff abgeklärt werden. Sie traute dem Riesenkerl nicht unbedingt über den Weg, wenn Alex nicht dabei war.

Gwen

Immer mal wieder kamen Katzendamen vorbei, auch solche, die Gwen noch nicht kannte. Manche waren nett und sie hielt ein Pläuschchen mit ihnen. Andere mochte sie schon auf den ersten Blick nicht. Dann machte sie sofort sehr deutlich, dass es besser wäre, sich baldigst wieder zu verflüchtigen.

– Ist Merlin zu Hause? – war ein beliebter Starter. Gwen konnte ja verstehen, dass die Kätzinnen auf ihn standen. Er war ja wirklich ein toller Typ. Sein wildfarbenes, langes Fell, die langen Luchspuschel an seinen Ohren, sein wunderschöner Waschbärschwanz und dann diese sanften Augen! – Ja, sie konnte die anderen schon gut verstehen...
    – *Ne, der is nicht da!*
    – *Wann kommt der denn?*
    – *Er ist ein freier Geist, der kommt und geht.*
    – *Ich würde ihn so gern sehen..*
    – *Mädel, das möchten viele. Allein wozu?*

–   *Wozu trifft eine Katze den Kater?*
–   *Wenn du ein Kater wärest, dann hättest du ne echte Chance!*
–   *Näh?!*
–   *Doch.*
–   Shit und sehr schade.
–   Tja.

Es kamen aber auch zahlreiche Kater, die sich Hoffnung machten.

Meist war Merlin ihr dankbar, dass sie ihm den Rücken freihielt.

Eines Abends kam Gwen nicht nach Hause. Willa Vanilla war vor lauter Sorge kurz vorm Durchdrehen.

–   *Hoffentlich ist ihr nichts passiert!*

Merlin blieb recht ruhig, obwohl auch er sich sorgte. Sie blieb doch nie so lange fort.

Rasch verließ er das Haus. Er holte Alexander und Albert ab, die sofort bereit waren, Gwendolynn zu suchen. Sie machten einen Bogen um die Down-

Towns, die an der Straßenecke rumlungerten, denn sie hatten keine Zeit zu verlieren.

Sie schwärmten kreisförmig aus, um ein größeres Gebiet abdecken zu können und wollten sich dann an der großen Kiefer treffen.

Fast eine Stunde später hörte Albert ein Wimmern. Es kam aus dem Kellerfenster eines Hauses. Das Abdeck- Gitter der Kasematte hatte ein Loch. Darunter war ein großer Trichter aus Kunststoff, an dessen Ende das Kellerfenster lag.

- *Gwen, bist du das?–*
- *Ja, hier unten! – Gott sei Dank!*
- *Danke mal Merlin, das reicht schon. – Warte, wir helfen dir. Es kann aber ein wenig dauern. Bleib ganz ruhig, ok?*

Albert traf die anderen beiden am verabredeten Treffpunkt. Sie waren sich schnell einig, dass es aus diesem Gefängnis kein Entkommen ohne menschliche Hilfe geben konnte. Merlin lief nach Hause, die anderen beiden hielten bei Gwen Wache. Willa ließ Merlin herein und wollte gleich reden, wie groß ihre Sorge um Gwen sei.

Nun ist eine Katze kein Hund. Der hätte vielleicht in den Hosensaum gebissen und so lange daran gezerrt, bis das Frauchen kapiert hätte, dass sie folgen sollte.

Merlin stellte sich vor Willa auf uns mietze sie mit hoch erhobenem Schwanz auffordernd an.

    - Ja, was ist denn, mein Schöner?
Wieder mietzte er und ging mit zuckendem Schwanz auf die Tür zu. Das wiederholte er fünf Mal, bevor Willa kapierte, was sie sollte.

    – *Sie ist* auch nicht die hellste Kerze auf der Torte, dachte Merlin bei sich.
Endlich hatte sie verstanden, dass sie ihm folgen sollte. Und genau das war gar nicht einfach. Der Kater lief natürlich quer durchs Gelände und nicht auf Wegen oder Straßen. Willa folgte ihm, so gut sie konnte.

Auf diesem Parcours querbeet traf sie Nachbarn, die sie lange nicht gesehen hatte, wieder.

    – *Hallo Willa, willst du zu uns?*

    – *Hallo Erich, Marlene! Ne, heute nicht.*

- *Was machst du denn da zwischen unseren Tagetes?*
- *Sorry, ich muss hier nur mal eben lang.*
- *Hey Willa, schön, dass du mich besuchst, aber nimm doch die Tür!*

Während Willa noch auf einem Zaun saß, entschuldigte sie sich und versprach spätere Erklärung.

- *Hey Willa, was kann ich für dich tun? fragt Melli, als Willa über ihre Terrasse läuft.*
- *Sorry, Melli, erzähl ich dir nachher.*

Auf ihrem Hindernis-Parcours hinterließ Willa Vanilla Kopfschütteln und Fragezeichen.

Und dann sah sie die anderen zwei Kater an der Kasematte sitzen und hineinmietzen. Das war das Haus dieses Griesgrams, den sie lieber von hinten sah. Aber Animositäten konnte Willa sich jetzt nicht leisten. Mutig klingelte sie an der Tür. Das musste sie drei Mal tun, bis jemand herangeschlurft kam.

- *Wissen Sie, wie spät es ist? blaffte er sie an.*

- *Doch, es muss gleich halb elf sein. Aber ich bin nicht hier, um Ihnen zu sagen was die Stunde geschlagen hat.*
- *Nicht?*
- *Nein. Ich möchte Sie bitten, in Ihren Keller zu gehen und meine Katze herauszulassen. Sie ist wohl durch die Roste über der Kasematte hinuntergefallen.*
- *Was? In meinem Keller? Ne Katze? I gitt! Ich bin allergisch! Verdammt!*
- *Darf ich dann bitte kurz in Ihren Keller?*
- *Na los, aber zackig! Dass der Fusseltiger bloß verschwindet!*

Willa stieg in den muffigen Keller hinunter. An Regalen voller Konserven vorbei, erreichte sie durch fette Spinnweben hindurch den hintersten Raum. Und da saß das Häufchen Mietze und weinte.

- *Ach, Gwinny, mein Schatz, ist ja alles wieder gut!*

Willa steckte das Kätzchen kurzerhand, so dreckig, wie es war, unter ihren Pullover. Dann verließen die vier schnellstens diesen

70

unfreundlichen Ort. Wieder zu Hause bekamen die drei Katzen eine Extraportion Bürsten und frische Hackbällchen. Es war ein Fest, begleitet von dreistimmiger Schnurrmusik.

Am folgenden Tag erklärte Willa online auf „nachbarschaft.de", warum sie so viele Nachbarn so spät am Abend besucht hatte. Sie entschuldigte sich für die späte Störung und gab der Hoffnung Ausdruck, man möge sie bitte nicht für bekloppt halten, denn es sei ein Noteinsatz gewesen..

Krieg

Anfang September entdeckte Gwen bei ihrem morgendlichen Rundgang im Garten der Nachbarn etwas, das dort definitiv nicht hingehörte. Die Leiche sah schlimm aus. Gwen erschrak derart, dass sie sofort kehrt machte und völlig verstört heim rannte. Außer Atem weckte sie Merlin, der unter der Palme im Wohnzimmer schlief.

– *Beruhige dich erst einmal, Kleine,* forderte er. Das war leichter gesagt, als getan, denn sie war mächtig aufgeregt. Gwen trank ein wenig. Dann erzählte sie, was sie entdeckt hatte.

– *Leg dich hin. Wir sehen uns das an–,* sagte Merlin und war schon weg. Gwen hatte den Fundort genau beschrieben und das machte ihn nervös. Der Garten grenzte nämlich an Alexanders, der aber noch nichts gemerkt zu haben schien. Merlin ging zur Terrassentür und hoffte, dass sie offen war. Wenn Geoffrey schon wach war, sollte das so sein.

- *Guten Morgen, Alex, hast du gefrühstückt und Zeit, mich zu begleiten?*
- *Wohin willst du so früh am Morgen, mein Freund?*
- *Gwen hat etwas gefunden. Auf dem Nachbargrundstück, ganz hinten hinter dem Papiercontainer.*
- *Ich komme!*

Die beiden Freunde zogen los.

- *Braucht ihr meine Hilfe?* – wollte Geoffrey wissen.
- *Danke, wir kommen drauf zurück,* antwortete Alex.

Die Mauer zum Nachbargarten war für die großen Kater kein Hindernis. Mühelos sprangen sie hinauf und auf der anderen Seite genauso rasch wieder hinunter. Tatsächlich. Hinter der Papiertonne lag sie. Die Tote war ihnen gut bekannt. Es war Minni, eine rote Perserin. Sie war zu Lebzeiten eine Schönheit gewesen. Merlin und Alexander beschnupperten die Freundin gründlich. Traurig, wie stumpf und falsch das Fell jetzt aussah. Es schien fast, als sei es ein Mantel aus Kunstpelz, den man ihr umgehängt hatte. Minni hatte sich offenbar stark gewehrt, denn mehrere Krallen waren aus den Pfoten herausgerissen. Besonders schlimm aber sah die klaffenden Wunde im Bauchbereich aus. Die Eingeweide hingen heraus, das Herz fehlte. Sie wollten die Katze hier nicht liegen lassen. So lief Alex zu seiner Dosenöffnerin und machte ihr klar, dass sie mitkommen sollte. Frau Berger folgte ihm nicht über die Mauer, denn es gab eine Pforte.

    – *Oh je, du armes Ding*!– entfuhr es ihr, als sie die tote Katze sah. Sie ging zum Haus zurück und kam mit einem großen Karton wieder. Sie hatte ein Handtuch hineingelegt. Dann zog sie sich Gummihandschuhe an, bevor sie das fremde Tier ganz vorsichtig in den Karton legte, gerade so, als spüre Minni es noch. Sie schloss den Deckel und trug den Karton an die Mauer. Mit einem Spaten hob sie eine tiefe Grube aus und versenkte darin den Karton. Das Loch hatte sie bewusst tief ausgehoben, damit kein Räuber riechen konnte, dass hier jemand ruhte und sie womöglich wieder ausbuddelte. Normalerweise hätte sie den Grundstückseigner um Erlaubnis gefragt, aber dieses Land stand schon lange zum Verkauf. Der neue Besitzer lebte in den USA.

Merlin und Alex gingen heim zu Gwen. Sie mutmaßten, wer das getan haben konnte. Natürlich hatten alle drei sofort die gleiche Idee, aber wie sollten sie es beweisen? Für sie stand fest, dass es Mord war. Heimtückischer Mord. Und dafür kamen nur wenige in Frage.

Schon eine Woche später sollten sie ein nächstes Opfer beklagen. Geoff hatte es entdeckt. Im Schafschuppen hatte der Täter sie abgelegt. Wieder war das Opfer übel zugerichtet, wieder fehlte das Herz. Und sie kannten sie gut, die Tote. Es war Fatu, eine bezaubernde Abessinierin. Ihre blauen Augen schauten jetzt glanzlos ins Leere. Merlin und Alex drohte es das Herz zu zerreißen. Das sollte er büßen, wer auch immer das getan hatte.

Sie beschlossen, die Downtown-Cats zu beobachten, denn sie hatten den Verdacht, dass die Morde mit diesen zwielichtigen Gesellen zu tun haben könnten.

So schlichen sie sich heran, als die sich am nächsten Abend am Waldrand trafen. Tatsächlich waren es 17 Gesellen, die sich dort herumtrieben. Einer schwang große Reden, Stinker. Aber Merlin hatte den Eindruck, dass kaum jemand ihm zuhörte. Sie saßen in kleinen Gruppen herum und die Atmosphäre schien irgendwie gespannt. Die Gruppe um einen großen grauen Tiger wuchs. Ihm fehlte nicht nur ein Ohr, er hatte offenbar auch seinen Schwanz eingebüßt. Aber mit seinen smaragdgrünen, äußerst wachsamen Augen strahlte er etwas Majestätisches aus.
Merlin schlich ein wenig dichter heran, denn er wollte gern hören, was da geredet wurde. Pascha hieß der Große Graue und wie es schien, war er ihr Anführer.
- *Jungs, sagte er gerade, da ist eine große Schweinerei im Gange....*

Offenbar hatten die Downtowns schon von den Morden gehört. Aber sie schienen selbst ratlos.

Merlin und Alexander zogen sich vorsichtig zurück. Wieder zu Hause, legten sie sich zusammen mit Anton an den Teich.

– Du musst mit dem Grauen reden, Merlin, forderte Alex. *Es sah so aus, als wäre ihm das Ganze auch nicht geheuer –*.

Merlin teilte die Ansicht der Freunde. So wartete er einen günstigen Moment ab, in dem er den Grauen allein antreffen konnte. Dazu musste er dessen Gewohnheiten besser kennen. Sie beschlossen, ihn abwechselnd zu beobachten. Schon nach ein paar Tagen hatten sie seinen Tagesablauf herausgefunden. Er war offensichtlich kein Gruppentier. Auch die Abende verbrachte er oft allein. Dann lag er im Garten der Kirche, gleich links neben einem großen schwarzen Grabstein. Merlin kauerte hinter einem Busch. Er las >Elizabeth vom Stein<. Aha. Er war überzeugt, dass der Graue ihn schon bemerkt hatte. Deshalb hielt er es für angebracht, hervorzutreten und sich vorzustellen.

Er war auf alles gefasst, schließlich hatte er es mit dem Chef der miesen Downtown-Cats zu tun. Indessen, er hatte sich geirrt.

- *Ich bin Merlin, deinen Namen kenne ich nicht, aber ich komme in friedlicher Absicht.*
- *Ich weiß, wer du bist. Ich bin Pascha. Sei willkommen. –*

Merlin war überrascht von den guten Manieren des anderen.

- *Darf ich dich fragen, ob dich etwas mit Madame Stein verbindet? Du liegst immer hier.*
- *Elizabeth war meine Mitbewohnerin. Wir lebten in dem Haus mit dem verwilderten Garten, dessen Erbe sich nun nicht darum kümmert.*
- *Oh, dann weißt du von dem Mord ? –*
- *Wir wissen Bescheid. Und wir sind beunruhigt.*
- *Hast du einen Verdacht, wer diese Taten begeht?*

- Noch nicht. Leider. Ich bin nur recht sicher, dass es keiner von uns ist.
- Kannst du da sicher sein? Es sind einige zwielichtige Gesellen unter den Downtown-Cats.
- Du denkst an Stinker und seine Freunde?
- Genau. Ich durfte ihn kennenlernen.
- Er ist ein ordinärer Raufbold, aber du kannst sicher sein, dass er kein Mörder ist. Wir sollten uns zusammentun. Dann wären wir besser aufgestellt und hätten mehr Chancen, diesen perversen Kannibalen zu finden.

Merlin stimmte ihm zu. Eines musste er jedoch unbedingt noch wissen.

- Verzeih, sagte er, – ich möchte dir nicht zu nahe treten. Darf ich fragen, wie du dein Ohr und deinen Schwanz verloren hast?
- Der Bauer, in dessen Scheune ich geboren wurde, war ein perverses Schwein. Er steckte mich und meine Geschwister gleich nach der Geburt in einen Sack. Den schlug

er dann ein paar Mal gegen die Wand. Er dachte, er hätte uns alle getötet. Deshalb

–

ließ er uns da ganz einfach liegen. Meine Schwester Grisella und ich waren die einzigen, die sich danach noch rührten. Wir wurden irgendwann wach, als jemand mit uns sprach. Elizabeth hatte uns gefunden. Bis auf ein paar Blessuren, die du ja siehst, haben wir es gut überstanden. Ich stelle dir Grisella demnächst einmal vor. Sie ist eine Schönheit.

_ Wenn sie so herrliche smaragdgrüne Augen hat, wie du, will ich das gern glauben, gab Merlin zu.

- Können wir uns morgen Abend hier auf dem Friedhof hinter der Kapelle treffen? Wir sind zwanzig erwachsene Kater und ihr?

- Wir sind bisher nur drei, aber ich kenne noch ein paar mehr, die ich gern dazu bitten werde.

- Ich freue mich, dich getroffen zu haben, Merlin.

- Ich freue mich auch. Ciao, bis morgen Abend.

Am nächsten Morgen kam Willa völlig entsetzt vom Bäcker zurück.

- Stell dir vor–, sagte sie zu Max, Ihrem Sohn, der gerade zu Besuch war, – die Katze der Bäckerin wurde umgebracht! Es war eine Heilige Birma und sie war trächtig! Die Bäckerin fand sie auf ihrem

Fußabtritt mit geöffnetem Leib, verblutet.
Die Babys waren weg!–

Merlin lief ein Schauer über den Rücken. Teufel auch, dachte er, schon wieder! Gerade kam Gwen zur Tür herein.

– *Merkst du was, Merlin? Es sind immer Weibchen, es sind immer Exoten. Mir scheint, der Mörder hasst entweder Frauen oder die, die anders sind, als er. Vermutlich sogar beides.*

– *Wer kann so hassen? Was muss ihm geschehen sein?*

Nur Kooperation kann noch helfen

Am Abend trafen sich 27 Kater auf dem Friedhof.
20 Hauskatzen Europäisch Kurzhaar, zwei Maine
Coon, ein Perser, ein Kartäuser, ein Norweger,
ein Burmese und ein Siamese.

Man schaute einander leicht irritiert an, bis dann
Pascha das Wort ergriff.

– *Liebe Freunde –, begann er, – ja, ich sage*
Freunde, denn was hier passiert, betrifft
uns alle gleichermaßen, wir alle werden
zusammenarbeiten. Das machen Freunde
so.

Seine Kumpane guckten noch recht irritiert,
während die „Exoten" von Merlin schon instruiert
waren.

– *Wir wollen dem Mörder oder auch den*
Mördern, falls es mehrere sind, das
Handwerk legen.

Verschiedene Stimmen wurden laut.

– *Was geht uns das an?*

– *Der bringt doch nur Exoten um!* –

– *Diese eingebildeten Affen! Ist doch nicht schade um die!* –

– *Alle, die mit meinem Vorhaben nicht einverstanden sind, kommen bitte mal her,* forderte Pascha. Tatsächlich kamen fünf Kater aus der Menge auf ihn zu.

– *Ihr könnt gehen*, sagte er. – *Solche, wie euch, möchte ich nicht kennen.*

Sie versuchten noch, sich einzuschmeicheln, aber da hatten sie sich verrechnet.

– *Schmeißt sie raus!* – rief Pascha und ganz zuvorderst reagierte Stinker.

– *Nicht zu glauben!* – dachte Merlin.

Offenbar kannten die Kater ihn gut, denn sie gingen ohne zu murren.

– *So,–* sagte Pascha. – *ich stelle euch nun Merlin vor. Er ist keiner von uns, aber wir sollten alle verstehen, dass es egal ist, woher jemand kommt. Es zählt nur, wer jemand ist. Und davon weiß ich ein Lied zu singen. Vorurteile können uns allen nur schaden. Also, gebt den anderen eine Chance. Sie sind nicht schlecht, nur, weil sie anders sind oder anders aussehen. Gerade jetzt, wo da irgendwer Katzen schlachtet, sollten wir alle begreifen, dass wir ein gemeinsames Ziel haben. Wir müssen den stoppen.*

Merlin, möchtest du noch was ergänzen?

– Danke, mein Freund. Es ist alles gesagt.

Wir haben also gemeinsam folgenden Plan: Und dann skizzierten sie in Kürze ihre Absichten, um den oder dem Täter eine Falle zu stellen. Die Details behielten die Chefs allerdings für sich, für den Fall, dass jemand unter ihnen erpressbar war und alles verraten könnte.

Ab dem kommenden Tag verteilten sich rund um die Uhr Wachtrupps von je zwei Katern. Sie beobachteten genau, was sich in der Gegend tat.

Die erhöhte Wachsamkeit schien sich auszuwirken. Wochenlang geschah nichts mehr. Allerdings hatte die Zusammenarbeit der Kater zur Folge, dass der Ton auf der Straße freundschaftlich, zum Teil aber natürlich ein wenig ruppig war. Sie waren schon sehr unterschiedlich, die Kater. Abhängig von Erbgut und Herkunft, machte jeder das Beste draus. Wichtig war nur, dass sie sich nicht mehr bekriegten.

Willa hoffte, dass Merlin den Chef der Downtowns einmal mitbringen würde. Sie war neugierig, hatte sie doch gesehen, dass er in letzter Zeit des Öfteren mit dem großen Grauen unterwegs war. Eines Tages kam sie von der Arbeit heim und auf der Terrasse lagen in trauter Eintracht drei Katzen und schliefen. Gwen hatte sich etwas abseits ins Gras gekuschelt, Merlin und der Graue lagen auf den Gartenstühlen. Der Graue hob nun interessiert den Kopf. Da Merlin sich nicht rührte, war er sicher, dass von Willa keine Gefahr ausging.

Willa ging zu Merlin und kraulte ihn hinter den Ohren. Der Graue sah interessiert zu. Wie lange hatte er eine solche Behandlung nicht mehr erlebt.

– *Darf ich dich streicheln?* – fragte Willa und ging langsam auf ihn zu. Konnte er das zulassen? Er wollte ja gern. Und statt zu fauchen, spitzte er sein eines Ohr und setzte ein Schnurren an, das Willa ermutigte, ihn zu streicheln. Er schloss die Augen und genoss!

– *Du bist also Merlins neuer Bekannter. Ich mag dich. Komm doch öfter, ich denke, wir können Freunde werden* – flüsterte Willa ihm zu.

Der Graue war entzückt.

Von dem Tag an war Pascha der vierte im Bunde der Nachbarn. Wann immer er konnte, verbrachte er Zeit mit Anton, Alexander und Merlin. Sie zogen um die Häuser, sie jagten und sie faulenzten gemeinsam. Hin und wieder trafen sie sich auch bei den Downtown-Cats. Stinker hatte sich nicht geändert. Er und seine Kumpel konnten nicht aus ihrer Haut. Die Exoten verunsicherten sie. Merlin, Anton und Alexander waren deshalb immer auf der Hut. Pascha hatte ein wachsames

Auge auf seine Schwester, die sich gern mit Stinker und seinen Freunden herumtrieb. Allerdings ging sie schon lange eigene Wege, sodass sie sich nur selten sahen.

Das Leben im Viertel hatte sich beruhigt. Durch den Friedensvertrag der Kater gab es so gut wie keine Überfälle mehr.
Es kam auch keine exotische Katze mehr zu Schaden. Sie vermuteten, der Mörder könnte weitergezogen oder selbst gestorben sein.

Rettungaktion

Dann jedoch, zu Beginn des Winters, verschwand Gwendolynns Freundin Samira, eine wunderschöne Russin. Samira hatte langes, weißes Fell und zwei verschieden farbige Augen. Das linke war smaragd grün, das rechte türkis blau. Verwirrend, aber ungewöhnlich schön.
Sie bildeten Suchtrupps, die täglich 24 Stunden unterwegs waren. Dennoch fand sich keine Spur.
Pascha konnte zwei Vertraute gewinnen, die im Kreise der Downtowns die Lauscher offen hielten. Aber niemand wusste etwas. Sie befürchteten das Schlimmste.

- *Na, meine Schöne, wie geht es uns denn heute? Geben Sie acht, dass Sie Ihr Fell nicht schmutzig machen!*
- *Was soll das hier? Öffne die Luke, du Freak!*
- *Ah, die feine Dame ist ungehalten. Contenance, meine Liebe.*

Es war so eng in diesem Verschlag, dass sie sich nicht drehen konnte. Sie musste sich selbst vorwerfen, dass ihre Neugier sie in diese Lage gebracht hatte. Der Taubenschlag war so einladend offen gewesen und sie hatte sich fette Beute ausgerechnet. Hier im Schloss, hoch oben im Turm hatte sie nicht mit Konkurrenz zu rechnen. Aber kaum dass sie oben angekommen war, war auch die letzte Taube davongeflogen. Dafür steckte sie nun fest, denn die Luke hinter ihr war plötzlich zugefallen. Sie war schon oft hier gewesen. Daher wusste sie, dass sie sich nicht von allein schließt. Es hatte nicht lange gedauert, bis sich herausgestellt hatte, wer sie zum Zufallen gebracht hatte.

Der Täter hockte hinter dem Maschendraht und grinste.

– *Ich hoffe, dass Ihnen die Zeit nicht lang werden wird, meine Schöne. Nur Geduld! Bis man verhungert ist, dauert es. Ich kann Ihnen aber versprechen, dass es kein schöner Tod ist.*

Nur die Tauben tun mir Leid, die nun nicht mehr heimkommen können. Schade auch, dass Ihre Schönheit in ein paar Tagen dahin sein wird. Ich werde ein Fest feiern. Wieder eine von euch eingebildeten Schlampen weniger!

Dann drehte der Täter sich um und sprang hinunter. Er lief einen Umweg, damit niemand seine Spur verfolgen konnte. Er wusste, dass es Spione gab, er wusste es aus erster Hand.

Die Kater beschlossen, ihre Suche auszudehnen. Sie erweiterten den Radius des zu durchforschenden Gebietes.

– *Geht auf jeden Dachboden, schaut in jeden Brunnenschacht. Achtet auf Kasematten und Kaninchenställe. Guckt, wo Kellerfenster offen stehen und überprüft die Müllcontainer–*, sagte Merlin.

Es vergingen wieder Tage ohne Ergebnis. Samira blieb verschwunden. Gwen war in großer Sorge. Sie befürchtete das Schlimmste.

– *Na, wie geht's heute? – fragte er hämisch.*

– *Was habe ich dir getan? – kam es schwach aus dem Verschlag.*

Samira konnte sich kaum rühren. Ihre langen Beine waren steif. Sie hatte stechenden Durst. Ab und zu wurde ihr schwarz vor Augen, dann verschwamm alles und sie bildete sich ein sie träume.

– *Du hast mir nichts getan, jedenfalls nicht mehr als all die anderen Exotenschlampen. Ihr denkt, ihr wäret was Besseres. Die Kater fahren auf eure Schönheit ab und wir anderen haben das Nachsehen. Ich bin stark, ich bin schön. Trotzdem schauen sie euch nach und der Sabber läuft ihnen die Lefzen runter, wenn ihr vorbeigeht.*

Ich hatte einen Lover, bis eine von euch ihn mir wegnahm. Sofort wurde sie trächtig. Na, das hat ihr nichts genutzt. Der Nachwuchs war mir eine Delikatesse!

Samira grauste es. Nun erkannte sie, dass sie es mit einer Mörderin zu tun hatte! Gesehen hatte sie sie allerdings noch immer nicht, denn sie steckte ja fest und konnte die hinter der Luke hockende Andere nicht sehen.

> – *Lass Sie sich die Zeit beim Sterben nicht lang werden* – sagte die nun und entfernte sich.

Samira war inzwischen schon sehr schwach. Sie war nahe daran aufzugeben.

Die beiden Straßenkater durchforsteten den Stadtrand. Sie nahmen ihren Suchauftrag ernst. Dabei durfte das Vergnügen natürlich nicht zu kurz kommen.

> – *Komm, wir gehen auf den Turm. Von da oben kann man prima Ausschau halten.*

Und schon huschten sie die steil ansteigenden Stufen hinauf. Oben genossen sie die Aussicht. Sie standen auf dem Turmsims, als sie plötzlich ein leises Wimmern zu hören glaubten.

> – *Hast du das auch gehört?*
> – *Mir war so, als mietzte es von da oben.*

- *Ich gehe nachsehen*

Schon lief der Kater in die Turmspitze. Da oben war ein Taubenschlag. Das wusste er. Vielleicht war eine fette Beute zu holen?

Er erschrak, als er oben ankam. Eingepfercht in der Gitterröhre des Verschlages hockte etwas Weißes. Lange, seidige Haare stachen aus der Röhre. Es dauerte eine Sekunde, bis er erkannte, dass es eine Katze war. Sie mietzte nur noch ganz leise.

- *Ich hab sie!!* Rief er nach unten. *Schnell!
Hol Hilfe!*

Sein Kumpel hatte verstanden. Er rannte die Stufen hinab. Wie von Geoff gejagt raste er zurück.

Er hoffte, dass er wen antreffen würde, der helfen konnte.

Zuerst suchte er am Treffpunkt der Downtowns. Dort hingen nur Stinker und seine Kumpel ab. Das hatte keinen Zweck. Es fiel ihm schwer, aber er lief zu Merlins Haus. Wie sich erwies, war das richtig, denn dort waren auch Pascha und noch zwei Typen.

> – *Gut, dass ich euch hier finde! Ihr müsst mitkommen! Wir haben die weiße Russin gefunden. Sie hängt fest. Kann einer von euch ne Klappe öffnen?*
>
> – *Lass uns schauen, sagte Pascha. Zeig uns den Weg.*

Und schon rannten sie in Richtung Turm. Wie von Geoffrey gehetzt jagten die großen Katzen mit ihren eleganten Sprüngen dahin. Wenn es nicht ernst gewesen wäre, hätte man dieses Bild genießen mögen.

Am Taubenschlag saß Mario, ein rostroter Straßenkater. Er sprach langsam und leise mit Samira.

> – *Komm, halte durch, du Schöne. Ich verspreche dir, ich werde dich in Zukunft beschützen. Hab keine Angst.*

Sie war sehr schwach. Nur ein kleines Mietzen schaffte sie noch.

Er wandte sich ab und suchte nach Wasser, denn ihm war klar, dass sie sofort etwas trinken musste, wenn sie nicht kollabieren wollte.

Pascha hockte sich hinter den Verschlag Er begann, eine Pfote unter die Klappe zu schieben. Als er das Ding ein wenig geliftet hatte, schob er seine Schnauze darunter. Nun gelang es ihm, mit seinem Kopf die schwere Klappe hochzuschieben, bis sie einrastete. Was in echter Überlebenskünstler ist, der kann so was eben. Stück für Stück robbte Samira nun rückwärts aus der Röhre. Als sie weit genug heraus war, packte Merlin sie vorsichtig mit seinem Fang im Genick und zog sie das letzte Stück in Sicherheit. Matt und erschöpft versuchte Samira nun ihre Beine wieder zu bewegen. Die Durchblutung musste in Gang kommen.

    – *Kannst du laufen?* – wollte Merlin wissen.

    – *Lass mir ein wenig Zeit* – antwortete sie

Inzwischen hatte Anton Wasser gefunden. Unter einem Loch im Dach stand ein Kochtopf, der vom letzten Regen noch gefüllt war.

Sie brachten Samira dort hin. In gierigen Zügen soff sie das Regenwasser. Es erschien ihr köstlich. Ihnen war klar, dass sie den Weg heim noch nicht schaffen würde. Zwei von ihnen wollten sie bewachen, bis sie kräftig genug sein würde. Ein anderer sollte ihr etwas zu fressen bringen. Alexander lief zu sich nach Hause. Es hatte dort am Morgen verführerisch geduftet. Tatsächlich stand auf dem Küchentisch eine große Schale voller gebratener Fleischbällchen. Er gönnte sich zwei davon. Oh, die waren lecker! Gut, dass seine Dosenöffnerin nicht sah, wie er sich daran gütlich tat. Dann nahm er einen besonders dicken Kloß vorsichtig ins Maul und machte sich auf den Rückweg. Er musste aufpassen, dass er nicht zu fest zubiss, denn das Fleischbällchen sollte ja nicht zerfallen. Er schaffte es, das leckere Ding heil zu Samira zu transportieren. Sie schaute ihn dankbar an und begann ganz langsam, das Bällchen zu zerlegen. Auch in dieser Situation zeigte sich, dass sie eine Katzen-Dame war.

– Was ist denn hier los? – tönte es urplötzlich von einem Dachbalken oben im First.

Das sieht ja aus, wie ne Party. Kann man mitfeiern?

Samira ließ augenblicklich von ihrem Fressen ab. Diese Stimme kannte sie genau! Es war diejenige, die ihr den Tod gewünscht hatte. Blitzschnell überlegte sie, ob sie es laut sagen sollte oder ob Abwarten klüger war. Sie entschied sich für Letzteres.

– Hey, Grisella –, sagte Pascha,– *wie kommst du hierher?*

Sie war zwar seine Schwester, aber er wusste, dass er ihr nicht trauen durfte. Ihr Kopf hatte damals offenbar etwas abbekommen. Von Beginn an war Grisella gewalttätig gewesen. Mochte man sich durch ihre Schönheit auch täuschen lassen, irgendwann überkam es sie und dann..

– Ach, ich kam gerade zufällig vorbei –, log sie

– Wir haben ein Kater-Treffen –, log auch

Pascha, was die anderen sehr wunderte. Samira verhielt sich still.

Grisella und Pascha wussten, dass sie beide nicht die Wahrheit gesagt hatten. Auf den ersten Blick hatte Grisella gecheckt, dass die Taubenröhre leer war. Verdammt, sie hatten also die weiße Schlampe befreit!

- *Wir sehen uns später, Grisella –* , sagte Pascha nun in einem sehr bestimmten Ton, der keinen Widerspruch duldete.

Grisella kannte ihren Bruder nur zu gut. So widersprach sie nicht, sie rief nur *„Ciao, ihr Lieben, bis bald!"* und verschwand im dunklen Dachfirst.

Samira wartete auf eine günstige Gelegenheit, Pascha aliein sprechen zu können.

Das gelang, als er sie am Abend nach Hause begleitete. Die anderen folgten als Wache in einigem Abstand.

- *Pascha, ich muss dir was sagen. Es ist mir sehr unangenehm, aber es muss sein. –*
- *Hab ich was falsch gemacht?*

- *Nein! – Mit wem hast du vorhin gesprochen?*
- *Das war meine Schwester Grisella.*
- *Pascha, ich habe sie ja nie gesehen, aber das war die Stimme derjenigen, die mich töten wollte.*
- *Pascha glaubte, sich verhört zu haben.*
- *Bist du sicher? – fragte er deshalb nach.*
- *Ja. Ganz sicher. Ich bekam sofort eine Gänsehaut, als sie sprach. Mein Herz begann zu rasen, aber ich wollte mich nicht verraten.*
- *Zuzutrauen wäre es Grisella, –* sinnierte Pascha.
- *Hat deine Schwester vielleicht etwas Schlimmes erlebt? Es war total gruselig, was sie mir erzählte.*
- *Ja, sie hat des Öfteren erfahren müssen, dass ein Kater sie sitzen ließ und sich einer anderen, zuweilen auch einer Exotin zugewandt hat. Natürlich lag das nie an ihrem Äußeren. Sie ist wirklich bildschön. Sie hat es sich jedes Mal mit ihrer*

ordinären Art verdorben. Offenbar war der
Schaden an ihrem Kopf doch schlimmer,
als wir dachten.

– *Was sollen wir tun ? Jetzt mordet sie...*
– *Es fällt mir schwer, das alles zu glauben.*
Verzeih mir, aber ich muss mit ihr
sprechen, bevor ich über Maßnahmen
nachdenke.
– *Klar. Nur lass mich jetzt bitte nicht allein.*

Als Samira glücklich wieder zu Hause war,
trennten sich die Kater. Sie waren erschöpft von
der Rettungsaktion und verabredeten sich für den
nächsten Tag auf dem Friedhof.

Pascha zog sich sogleich an seinen Lieblingsplatz
neben dem Grab zurück. Er war sehr beunruhigt,
denn er glaubte Samira. Schon lange hatte er das
Gefühl, dass mit Grisella irgendetwas nicht
stimmte. Sie hielt sich fern von ihm, hing mit den
Stinkern ab. All ihre Schönheit konnte nicht über
ihren Charakter hinwegtäuschen. Pascha

verstand, dass Kater von ihr Abstand nahmen. Obwohl sie selbst wohl wenig dafür konnte, erwartete er doch Selbstkontrolle von seiner Schwester. Aber war das gerecht? Konnte er sich nicht glücklich schätzen, dass es ihn nicht getroffen hatte? Jetzt jedenfalls musste er handeln. Er durfte nicht warten, bis sie wieder zuschlug. Er wollte auch nicht erleben, dass die anderen zu Gericht saßen und ein Urteil für eine Mörderin und Kannibalin suchten, die seine Schwester war.

Er schloss seine Augen und versuchte zur Ruhe zu kommen.
Schon bald war er eingeschlafen. Ein wundersamer Traum entführte ihn auf eine Insel. Grisella und er wanderten durch hohes Gras. Es duftete nach Kräutern. Dann kamen sie an ein Gehöft. Der Bauer sprach mit seiner Frau. Sie hatten offenbar ein ziemliches Problem: Eine Rattenplage! Die Ratten fraßen ihnen die Küken weg. Sie waren inzwischen überall. Die Hofkatzen, es waren zwei Kater, kamen dagegen

nicht an. In diesem Traum hatte Grisella die Idee, hier zu bleiben und zu helfen, denn die Jagd und das Töten waren genau ihr Ding. Wie es sich fügte, verliebte sich einer der Kater in Grisella. Auch sie war nicht abgeneigt....

Ein Traum wird wahr

- *Hey, Bruder, so allein? Ganz ohne deine edlen Freunde?*
- *Grisella, wo warst du?*
- *Ach, mal hier, mal da...*
- *Was hältst du davon, wenn wir weiterziehen? Ich hätte große Lust.*
- *Ok. Ich bin dabei. Ist sowieso langweilig hier.*

Grisella kam sein Vorschlag wie gerufen. Er schien nichts zu ahnen und so sollte es besser auch bleiben.

- *Dann lass uns bei anbrechender Nacht starten. Ich mag keine Abschiede. Wir sagen niemandem Bescheid.*

Und so machten sie es. Merlin suchte den Freund vergeblich. Er fand es schade, dass Pascha offenbar ohne Abschied weggegangen war.

Als sie die Geschwister nach drei Tagen des Wanderns an ein Gewässer kamen, erschien der Ort Pascha bekannt. Sie schlichen am Ufer entlang und belauschten die Fischer.

> *– Er hat ein echtes Problem da drüben auf der Insel. Die Ratten haben sich wahnsinnig vermehrt und fressen alles! Sogar seine Hühner. Er hat es schon mit Giftködern versucht, aber die Biester sind schnell immun dagegen geworden. Es scheint sich um Mutanten zu handeln, die unglaublich anpassungsfähig sind. Wahrscheinlich sind das Überlebende aus dem Labor, das da drüben bis vor einem Jahr noch stand..*

Pascha erinnerte sich an seinen Traum und war verblüfft. Konnte es so etwas geben?
Grisella grinste.

> *– Brüderchen, was denkst du? Hättest du nicht auch Lust, ein wenig zu jagen?*

> *– Wir könnten es versuchen,* sagte Pascha

Es war nur die Frage, wie sie hinüberkommen sollten. Aber das Problem löste sich umgehend, als einer der Fischer sagte

- *Ich muss morgen früh rüber. Der Bauer hat noch ein paar Reusen für mich. Ich werde achtgeben, damit keins der Viecher mit mir die Insel verlässt. Nicht, dass wir das Problem hier auch noch am Festland bekommen.*

So versteckten Pascha und Grisella sich in der Nacht unter einer Plane auf dem Boot des Fischers. Der kam gegen Morgen. Er pfiff ein Liedchen und rauchte seine Morgenpfeife, während er ablegte.

Sie fuhren ca. eine halbe Stunde. Kleine Wellen klatschten gegen den Bug, Das Boot schaukelte. Pascha wurde zunehmend übel. Dann liefen sie endlich in eine kleine Bucht ein. Es gab einen Steg, an dem der Fischer sein Boot festmachte. Die Katzen warteten, bis er weit genug weg war. Sie wussten ja nichts über den Mann. Da ist eine kluge Katze lieber vorsichtig. Dann reckten sie sich. Ihre Knochen waren ganz steif von der feuchten Luft. Sie tranken ein wenig Wasser aus einer Pfütze – pfui Deibl! – und liefen auf der Spur des Fischers, die er mit seinen Gummistiefeln ins Gras getreten hatte, direkt auf einen Hof.

Das weiße Haus mit den blauen Fensterläden, bis zum Dach mit Rosen bewachsen und ein wunderschöner Garten bezauberten Grisella sofort. So stellte sie sich ein Heim vor. Hier wollte sie sein.
Auf einer Gartenbank lagen zwei Kater. Sie öffneten verschlafen die Augen. Wer störte so früh am Morgen? Als sie aber Grisella erblickten, waren sie plötzlich hellwach.

- *Guten Morgen, lasst euch nicht stören!*
- *Hey, wer seid ihr?*
- *Wir kommen vom Festland. Haben gehört, ihr könnt hier Unterstützung gebrauchen?*
- *Solche immer*!

Der Bauer und seine Frau waren glücklich, zwei so schöne Katzen zu sehen. Sie konnten sich nicht erklären, woher die plötzlich kamen, aber das war auch nicht wichtig.

– *Hans,* sagte sie, *das eine ist eine Katze...*
– *Lass uns hoffen, Weib, es kann nur besser werden*

   – *Kommt, meine Mietzen,* lockte die Frau *und ging in die Küche*

Grisella betrat neugierig das schöne Haus. Pascha folgte ihr zögernd. Für Grisella schien sich ein Traum zu erfüllen. Endlich ein Zuhause, und dazu ein so Schönes!

Die Bäuerin füllte zwei Teller mit leckerem Fleisch und stellte Wasser dazu. Die beiden Neuankömmlinge nahmen das gern an. Doch Pascha blieb wachsam.

Nach dem köstlichen Mal putzten sie sich gründlich. Der Staub von der Reise musste aus dem Fell. Nach einem kleinen Nickerchen gesellten sie sich zu den Hauskatern, die beide sogleich ein Auge auf Grisella hatten und eine gründliche Fellpflege starteten..

Pascha sah das mit innerem Vergnügen. Endlich würde sie ans Ziel ihrer Bestimmung kommen. Hier auf der Insel, als einziges Weibchen, ergab sich nun, was ihr bisher so gefehlt hatte. Grisella würde sich zudem als hilfreiche Jägerin erweisen, denn ihre Mordlust musste sie hier nicht im Zaum halten.

Schon wenige Tage später sah Pascha beide Kater mit Grisella. Wer zu Zuge kommen würde, war zweitrangig.

Mission beendet

Für Pascha war der Auftrag an dieser Stelle erledigt. Er hatte die Mörderin weggebracht. Sie härter zu bestrafen wäre wahrscheinlich im Sinne der meisten anderen gewesen, aber er sah ihre Kindheit und das Problem, das sie sich nicht ausgesucht hatte. Mit dieser Lösung konnten alle zufrieden sein. Grisella würde nie mehr zurückkommen.

Pascha schlich nun jeden Morgen heimlich an den Strand, in der Hoffnung, das Boot dort vorzufinden. Nach fünf vergeblichen Tagen, sah er es am sechsten Tag schon von weitem. Der Fischer lud Kisten voller Obst ein. Als er wieder eine neue Kiste holen ging, schlüpfte Pascha schnell unter eine Plane. Abschiede waren nicht seins. Grisella ging es gut. Er wurde nicht mehr gebraucht.

Die Überfahrt gestaltete sich mehr als ungemütlich. Wind war aufgekommen und das Boot schaukelte bedenklich. Pascha war kotzschlecht, als er endlich an Land springen konnte. Er verzog sich rasch unter ein umgekipptes Boot am Strand, denn diese Übelkeit war einfach zum Wandern nicht geeignet. Pascha schlief ein und erwachte erst mitten in der Nacht. Es ging ihm besser und so genoss er den Geruch frischen Fisches, der ihm in die Nase zog. Am Kai standen Fischkisten zum Abtransport bereit. Pascha schaute sich um. Es war kein Mensch zu sehen. Dieser Einladung konnte er nicht widerstehen. Er stahl einen dicken Fisch und trug ihn unter das Boot. Als er ihn genüsslich verspeist hatte, putzte er sein Fell gründlich, bevor er sich auf den Heimweg machte.

Da er ein Ziel vor Augen hatte, schaffte er die Strecke in zwei und einem halben Tag. Um Mitternacht kam er in Merlins Garten an. Der

Kater war offenbar unterwegs. So legte Pascha sich, wie schon so oft, in einen Gartenstuhl.

Gegen Morgen wachte er auf, weil er ein Geräusch gehört hatte. Und da standen sie, seine Freunde, der Coony, der Kartäuser und der Siamese. Sie begrüßten den Heimkehrer freudig. Nun kam auch Gwendolynn aus dem Haus. Sie streckte sich, sie putzte sich, bloß nichts übereilen! Ganz Weibchen stolzierte sie nun zu den Jungs.

    – *Hey, Pascha. Lust auf einen Spaziergang*?

Willa schaute aus der Terrassentür. Sie fand ihre Katzengesellschaft herrlich. – So richtig multikulti –, dachte sie. Es wird nie langweilig.

Damit hatte sie zweifelsohne Recht, aber ob sie das auch so gesehen hätte, wenn sie geahnt hätte, was wirklich alles geschehen war?

   – *Wenn doch bei uns Menschen auch so eine Harmonie herrschen würde, träumte sie laut.*

Merlin kam sogleich das Bild einer Torte mit vielen Kerzen in den Sinn.

Gwendolynn beschwichtigte ihn.

   – *Lass sie, Merl, besser sie bewahrt sich ihre Vorstellung von einer heilen Katzenwelt...*
   – *Du bist eine sehr kluge junge Dame, Gwen...wenn ich auf Weiber stände, wärest du meine erste Wahl..*
   – *Tja.* – Mehr hatte sie dazu nicht zu sagen.
   – *Kommst du, Pascha?*

Und mit hoch erhobenem Schwanz schnürte sie davon.

Brose–Bücher

2017 „So geht das" – ein Lernbuch

2005 "Schulkleidung ist nicht Schuluniform"

2008 „Survival für Lehrer"

2010 „Survival für Referendare"

2012 „Gedichte fürs Leben"

2013 „Schwarzer Adler über mir"

2015 „Leben in Versen"

2016 „Survival für Eltern

2016 „Golf-Spaziergehen auf Rasen"

2016 „Ein Kreuz mit Kugelschreiber" Neuauflage von „Schwarzer Adler"

2017 Leben in Versen 2017

2018 Herbst

2018 Mit Mutter stirbt die Dauerwelle

2018 Leben in Versen, Neuauflage

2018 Mama, du nervst!

2018 Shari

2019 Ich seh den Himmel

2019 Tassen gehören flach gelegt

2020 Spätsommer Weiber

www.brose-artworks.de